Der Herr der Ringe™

Die Gefährten

Fotos aus Mittelerde

„Ein Ring, sie alle zu knechten,
Ein Ring, sie alle zu finden,
Ein Ring, sie alle zu treiben und
Im Dunkel ewig zu binden,
Im Lande Mordor,
wo die Schatten drohn."

Klett-Cotta
Die Originalausgabe erschien unter dem Titel „The Lord of the Rings.
The Fellowship of the Ring. Photo Guide“ bei Collins, London
Text: Alison Sage
Übersetzung: Wolfgang Krege
Fotografien: © 2001 New Line Productions, Inc. Alle Rechte vorbehalten.
Zusammenstellung: © 2001 HarperCollins*Publishers*
Für die deutsche Ausgabe
© J. G. Cotta'sche Buchhandlung Nachfolger GmbH, gegr. 1659,
Stuttgart 2001
Fotomechanische Wiedergabe nur mit Genehmigung des Verlags

Fotos: Pierre Vinet

Design: James Stevens
Satz des deutschen Textes: Offizin Wissenbach, Höchberg bei Würzburg
Gedruckt und gebunden von Scorprint
Printed in Great Britain
ISBN 3-608-93321-2

Der Herr der Ringe™

Die Gefährten

Fotos aus Mittelerde

KLETT-COTTA

PROLOG

Der Herrscherring wurde von Sauron, dem Dunklen Herrscher, tief in den Flammen des Schicksalsberges geschmiedet. Seine Kraft kann nie zum Guten dienen, nur zum Bösen.

„Sauron selbst schmiedete den Einen Ring. Das geschmolzene Gold vermischte er mit dem eigenen Blut …“

Sauron verliert den Ring im Krieg, kann aber nicht ruhen, solange er nicht wiedergefunden ist …

Er spannt seine Netze weit aus und erfährt, daß der Ring sich nun in den Händen eines Hobbits namens Bilbo Beutlin befindet, der zusammen mit seinem Neffen Frodo in Beutelsend, Hobbingen, im Auenland wohnt.

„Rauch steigt wieder vom Schicksalsberg au[f]. In der Düsternis von Mordor nimmt der Schatten Gestalt an.“

Frodo Beutlin: *„Viel zu umtriebig und neugierig für einen Hobbit."*

Nur wenige Völker Mittelerdes wissen etwas von den Hobbits. Sie wohnen in Höhlen und bleiben meistens unter sich. Anders aber Frodo und Bilbo. Sie haben schon immer jede Gelegenheit wahrgenommen, die Welt außerhalb des Auenlandes zu sehen.

„Hobbits sind wirklich erstaunliche Geschöpfe. Man kann alles Wissenswerte über sie in einem Monat in Erfahrung bringen, und doch können sie einen nach hundert Jahren immer noch überraschen …"

Bilbo Beutlin: *„Er führt etwas im Schilde, da bin ich mir sicher."*

Die meisten Hobbits mißtrauen Bilbos Freund, dem Zauberer Gandalf. Er hat eine sonderbare Art, immer dann aufzutauchen, wenn gleich darauf etwas sehr Wichtiges geschieht.

„Ein Zauberer kommt nie zu spät, Frodo Beutlin. Und auch nicht zu früh. Er kommt immer genau dann, wenn es nötig ist."

„Das halbe Auenland ist eingeladen, und die anderen kommen sowieso.“

Im ganzen Auenland erzählt man sich Geschichten vom verrückten Bilbo Beutlin und den Vorbereitungen für seine unglaubliche Geburtstagsfeier. Frodo hat keine Ahnung, daß durch dieses Fest alles in ihrem Leben anders werden wird …

„Sie sind eins, der Ring und der Dunkle Herrscher. Er darf ihn nie finden, Frodo!“

Der Zauberer Gandalf berichtet Frodo von dem Ring. Bilbo ist aus dem Auenland fortgegangen, und nun ist Frodo der Ringträger. Aber wie kann ein Hobbit allein hoffen, den Ring vor allen Kräften Saurons zu bewahren?

„In meiner Hand erhielte er eine unvorstellbar gewaltige, schreckliche Macht. Führe mich nicht in Versuchung, Frodo!“

„Der Ring gehört nun dir … Verwahre ihn sicher und geheim.“

„Herr Frodo geht ohne mich nirgendwo hin."

Sam ist der jüngste Sohn des alten Ohm Gamdschie, des Gärtners in Beutelsend. Ein junger Hobbit, so vernünftig, wie nur irgendeiner im Auenland. Er ist Frodo unbedingt ergeben.

„Wenn ich noch einen Schritt weitergehe, bin ich weiter von zuhause als je zuvor."

„Ihr braucht Leute mit etwas Verstand für diese ... Reise ... Fahrt ... diese Sache."

„Na, dann scheidest du aus, Pippin."

Merry (Meriadoc Brandybock) und Pippin (Peregrin Tuck) haben erraten, daß ihr Vetter Frodo sich auf ein Abenteuer vorbereitet, und sind entschlossen, ihn nicht allein fortgehen zu lassen.

„Vor die Tür zu gehen, ist eine gefährliche Sache ... Du trittst auf die Straße, und wenn du deine Füße nicht im Zaum hältst, kannst du nicht wissen, wohin sie dich davontragen könnten."

Der Ring kann nur im Feuer des Schicksalsbergs in Mordor vernichtet werden. Zusammen mit Pippin, Merry und Sam bricht Frodo zu dieser langen Reise auf. Er weiß, daß alle Diener Saurons hinter ihm her sein werden.

„Dieser schwarze Reiter suchte nach etwas ... oder nach jemand ..."

Gandalf der Graue ist einer der Istari, des Ordens der Zauberer, die ausgesandt wurden, um Mittelerde in Zeiten der Not zu helfen. Er ist Frodos Freund und Führer, obwohl Frodo nicht ganz klar ist, wie mächtig er ist.

Saruman der Weiße steht im Rang sogar noch über Gandalf. Vom Orthanc-Turm herab verfolgt er das Weltgeschehen. Gandalf läßt Frodo zurück und begibt sich allein zu Saruman, um seinen Rat einzuholen.

*„Die Welt hat sich gewandelt, Gandalf.
Ein neues Zeitalter bricht an …"*

„Sauron kennt nur Machtbegier … und darum wird er nicht auf den Gedanken kommen, daß wir versuchen könnten, den Ring zu vernichten."

Saruman hat sein eigenes Heer, das unter einigen der abscheulichsten Lebewesen von Mittelerde rekrutiert ist.

„Mit üblen Künsten hat er Orks mit Menschen gekreuzt.“

„Und nun sind sie vollkommen.
Größer als Menschen – stark, mit geraden Gliedmaßen, furchtlos.“

Nachdem sie das Auenland verlassen haben, erreichen die Hobbits das Gasthaus Zum Tänzelnden Pony in Bree, wo sie hoffen, den Zauberer Gandalf zu treffen. Statt dessen begegnen sie einem finsteren Menschen, der ihr Freund zu sein behauptet. Er warnt sie, daß sie in höchster Gefahr sind – durch die Ringgeister, Saurons furchtbare schwarze Reiter.

„Er ist einer von diesen Waldläufern – gefährliche Burschen sind das. Streunen durch die Wildnis. Seinen richtigen Namen hab ich nie gehört, aber hier nennt man ihn überall Streicher."

Streichers richtiger Name ist Aragorn. Aragorn ist mehr, als er zu sein scheint ... er ist der Erbe der Könige von Gondor.

„Ich bin Isildurs Erbe – nicht Isildur selbst; ich habe mein eigenes Schicksal."

„Ich muß euch Wege führen, die wenige zu gehen wagen."

„Sie waren Könige … große Könige der Menschen.
Sauron gab ihnen neun Ringe der Macht.
Sie nahmen die Ringe … und einer nach dem andern,
ob stark oder schwach, gut oder böse …
verfielen sie ihnen."

Streicher rät den Hobbits, mit ihm nach Bruchtal zu gehen, dem Sitz Elronds des Halbelben. Sie sind in höchster Gefahr, aber im schlimmsten Augenblick erscheint die Elbenprinzessin Arwen, Elronds Tochter, um sie zu retten …

„Reite zu – schau nicht zurück!“

„Die Straße ist zu gefährlich.“

In Bruchtal beruft Elrond einen Rat aller freien Völker von Mittelerde ein, der beschließen soll, wie der Ring zu vernichten wäre. Frodo soll den Ring nicht allein tragen. Den neun Dienern Saurons sollen neun Gefährten entgegentreten.

„Bruchtal wird bald eine belagerte Insel sein. Der Ring kann nicht hierbleiben."

„Der Ring wurde im Feuer des Schicksalsbergs geschmiedet … nur dort kann er vernichtet werden."

Mit seiner doppelschneidigen Kriegsaxt ist Gimli ein großer Orkjäger. Er brennt darauf, sich den Gefährten anzuschließen.

„Gimli Glóinssohn …
ich kannte ihn schon, als er
einem Hobbit noch bis ans
Knie reichte.“

Legolas der Elb hat viele eigentümliche Kräfte: er sieht schärfer als ein Adler, und sein Bogen trifft todsicher. Gimli und Legolas sind so verschieden, daß sie aneinandergeraten müssen. Aber sie sind einig in dem Wunsch, den Ring vernichtet zu sehen.

„Thranduil, der König des Waldreiches, hat seinen Sohn Legolas geschickt."

„Der Ring muß vernichtet werden."

„Schwäche, Unschlüssigkeit, aber auch Mut und Ehrgefühl finden sich unter Menschen.“

Der stolze und ehrgeizige Boromir ist ein Mensch aus dem alten Königreich Gondor. Er trägt ein großes Horn mit silbernem Mundstück bei sich, das er nur blasen muß, damit Hilfe kommt.

Aber die Probe, auf die er gestellt wird, könnte zu schwer sein, und käme auch ganz Gondor ihm zu Hilfe.

„Warum den Ring nicht gebrauchen?“

„Es ist ein sonderbares Schicksal, daß wir wegen eines so kleines Dings so viel Furcht und Zweifel ertragen müssen.“

„Neun Gefährten gegen die neun Ringgeister … so sei es!“

„Ich bringe den Ring nach Mordor.“

„Wir kommen mit. Wenn ihr uns heimschicken wollt, werdet ihr uns fesseln und in einen Sack stecken müssen.“

„Du hast meinen Bogen.“

„Und meine Axt.“

„Ich werde dir beistehen, Frodo.“

„Wenn ich euch schützen kann, so werde ich es tun. Du hast mein Schwert.“

„Du trägst uns aller Schicksal, Kleiner.“

Die Gefährten

Es wird Zeit, daß die neun Gefährten von Bruchtal zu ihrer Fahrt aufbrechen.

Bilbo gibt Frodo zwei Kostbarkeiten: sein Schwert Stich und ein Kettenhemd aus Mithril, das federleicht und hart wie Diamant ist.

„Stich wurde von den Elben geschmiedet. Die Klinge schimmert blau, wenn Orks in der Nähe sind."

„Der Segen der Elben, der Menschen und aller freien Völker begleite euch!“

„Die Straße gleitet fort und fort,
Weg von der Tür, wo sie begann,
Weit überland, von Ort zu Ort,
Ich folge ihr, so gut ich kann."

Immer im Bewußtsein, von Saurons Spionen verfolgt zu werden, schleppen sich die Gefährten auf trügerischen Pfaden ins Nebelgebirge hinauf. Schnee fällt, und der Weg wird unpassierbar.

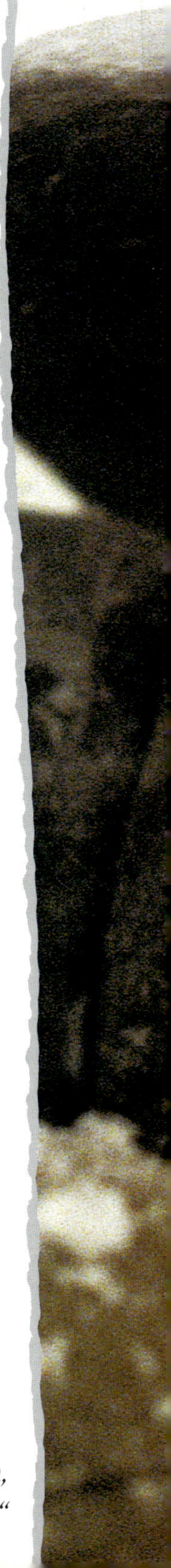

„Nicht auf Körperkraft kommt es hier an,
sondern auf Geistesstärke."

Gandalf kennt einen geheimen Weg unter dem Gebirge durch das sagenhafte Königreich Moria. Aber wie sollen sie das Losungswort finden, mit dem man durchs Tor gelangt?

„Zwergentüren sind unsichtbar, wenn sie verschlossen sind. Selbst ihre Erbauer können sie nicht finden, wenn ihr Geheimnis vergessen ist."

„Ithildin – es spiegelt nur Mond- und Sternenlicht."

„Moria – der größte aller Zwergenpaläste."

„Ich fürchte, die Zwerge von Moria haben zu tief geschürft."

Fast unausdenkliche Schrecken lauern unter dem Gebirge, und die alten Minen von Moria sind den Mächten der Finsternis anheimgefallen. Während die Gefährten aus diesem unterirdischen Grab flüchten, sammeln die Orks sich zum Angriff.

„Seid auf der Hut … ältere und üblere Wesen als die Orks hausen in den Tiefen der Welt.“

„Hier liegt Balin Fundinssohn, der Herr von Moria.“

Für das Entkommen aus Moria entrichten die Gefährten einen furchtbaren Preis. Verfolgt von den Orks, hasten sie weiter in Richtung des Elbenkönigreichs Lothlórien.

Orks: *„Sie waren einst Elben. Gefangen von den dunklen Mächten, gefoltert und verstümmelt – eine verkümmerte, schreckliche Lebensform, eine herangezüchtete Rasse von Sklaven."*

„Vom seltsamen Zauber des goldenen Waldes hab ich gehört.“

Die Orks können Lothlórien nicht erobern, das Reich Celeborns und Galadriels, der Lichtfürstin. Aber die Gefährten wagen nicht, lange dort zu bleiben.

Galadriel läßt Frodo in ihren Spiegel blikken. Dort sieht er Ausschnitte aus seiner Zukunft.

„Auch der Kleinste kann den künftigen Lauf der Welt ändern."

„Was du sehen wirst, weiß ich nicht, denn der Spiegel zeigt vieles … manches, das war … manches, das ist, und manches, das noch nicht geschehen ist."

„Irgendwo wandert nun ein Halbling,
der den Ring der Macht bei sich trägt,
allein und schutzlos durch die Welt.“